Monika Krautgartner

KRISN, KITSCH UND KOKOSBUSSAL

Monika Krautgartner

Krisn, Kitsch und Kokosbussal

VERLAG johannes
heyn

Foto der Autorin: Dizili Martin

Umschlagzeichnung &
Illustration des Buches: Monika Krautgartner

KULTUR LAND
OBERÖSTERREICH

Grafik: Reinhold Grimschitz
Druck: Druckerei Theiss GmbH, A-9431 St. Stefan
ISBN 978-3-7084-0417-2

Ich **widme** dieses Buch „uns“,
uns Frauen, allen Müttern, Großmüttern, Töchtern, Tanten, Freundinnen, Nichten, Cousinen, Arbeitskolleginnen und Schwestern, denn Weihnachten ist unser Fest, unsere große Show. Zu Weihnachten laufen wir, ähnlich wie bei Hochzeiten und Kindstaufen, zur Höchstform auf. Wir backen, wischen, kochen, wedeln, dekorieren und planen wie Weltmeisterinnen, immer am Rande des Wahnsinns, immer unter Vollgas, und manchmal knapp davor, Misteln, Tannenzweige, Keksausstecher und diverse Krippenfiguren in die Ecke zu schmeißen, um in der nächstgelegenen Bar unpassende Lieder zu singen, während wir einen Doppelten kippen.

Doch irgendwie motivieren wir uns immer wieder, alles bewegt sich dann doch jedes Jahr präzise auf eine Ziellinie zu, und wenn am Heiligen Abend das kleine Uralt-Glöckchen läutet, ist aller Stress und jede vorweihnachtliche Krise vergessen.
Ein Weihnachtswunder?

Das Resultat strategischer Planung und perfekter Haushaltslogistik?
Ansichtssache.
Die Antwort liegt in der jeweiligen Gemütsstruktur.
Unbestreitbar allerdings ist, dass wir Frauen es sind, die mit so großer Hingabe und Energie Weihnachten für unsere Familien zu einem Fest machen.

Darum widme ich dieses Buch „uns“, uns Frauen.

Wir haben es verdient.

Zum Geleit!

Monika Krautgartner stellt sich als Schreibende und freischaffend künstlerisch Tätige vor, auf innviertlerisch: „Ich schreibe, weil ich muss, aber auch, weil ich es kann!“

Ihr Werkverzeichnis spricht Bände, viele Preise und Auszeichnungen belegen, dass ihre Botschaften ankommen und auch angenommen werden. Sie verfasst Mundartgedichte, Satiren, Romane, Drehbücher, Hörspiele, Liedtexte, Theaterstücke, arbeitet mit Schulklassen und illustriert Kinderbücher. Ihre Zeitungs-Kolumnen und -Karikaturen haben sie sehr bekannt und vor allem auch beliebt gemacht. Ihr köstlicher Humor trägt wesentlich dazu bei.

Möge auch dieses Weihnachtsbuch viele Leserinnen und Leser ansprechen und herzlich erfreuen!

Dr. Josef Pühringer

Josef Pühringer

Landeshauptmann

Inhaltsverzeichnis

eindeutige Vorzeichn

Wann de Latschn boahart gfrean,
d'Leut beim Krippmspü recht rean,
d'Frauen bachan wia verruckt,
manchmoi 's schlechte Gwissn druckt,
wann ma so gern guat sei tat,
sih im Hamsterradl draht,
wann ma drawig is ois wia,
dann steht 's Christkind vor da Tür!

de richtign Zutatn fir d'Keks

Wer beim Keksbacha recht hudlt,
d'Keks recht gschlampert abanudlt,
nur zack zack in Toag ausssticht,
schneeschuahgroße Datscher richt,
und auf d'Uhr schaut unterm Bacha,
der soid liaber gleih koa macha,
denn de Kekserl, de mögn's lind,
brauchan Liebe wia a Kind!
Liebe, vü Geduid und Zeit,
und de gwisse Weihnachtsfreud
san ois Zutatn so wichti,
dann wern ah de Kekserl richti!

kurz vor Weihnachtn

Kurz vor Weihnachtn
war er mit da Chemo fertig.
Kurz vor Weihnachtn
san eam büschlweis d'Haar ausganga.
Jedn Tag in da Fruah hat er gspiebm.
Da Chef hat gsagt,
dass er'n leider freistölln muass,
weil er sih an Mitarbeiter,
der dauernd im Spital is,
net leistn kann.
Er waar gern a weng weniger frei gwen,
kurz vor Weihnachtn.

Kurz vor Weihnachtn
is sei 17-jahrigs Auto hin worn,
und er hätt koan oanzign Euro übrig ghabt
fir d'Reparatur.
„Wurscht",
hat er sih denkt,
kurz vor Weihnachtn,
„mag eh niagns hinfahrn mit meiner Glatzn."
Dann is da Briaf vom Spital kemma,
kurz vor Weihnachtn.
Termin. Besprechung.

Zwoa Tag später is er durt gsessn,
da Doktor hat'n Befund herglegt.
Zwoa Wort warn rot unterstrichn.
Eam is oiss abigfalln.
Er hat a zweits Moi hinschaun miassn.
„Krebs besiegt" is durt gstandn.
Und so is
kurz vor Weihnachtn
aus an eigentlih recht schiachn Doktor
mit Dopplkinn und Segelohrn
's Christkind worn!

Maria hat „ja“ gsagt

„Ja“ gsagt hat s’, d’Maria,
net „schau mar; vielleicht“,
„ja“ gsagt hat s’, d’Maria,
und so hat s’ erreicht,
dass Weihnachtn worn is,
und d’Leit heut guat lebm,
sie hat durch ihr „ja“
uns de Ewigkeit gebm.
Sie hat durch ihr „ja“,
ohne „schau mar; vielleicht“,
alloa durch ihrn Glaubm
de ganz Krippm ausgleucht!
„Ja“ gsagt hat s’, d’Maria,
nur „ja“, net „vielleicht“,
so stark war s’ im Herzn,
da Glaubm hat ihr greicht!

neamdi hat Zeit

Hätt was zum redn,
mih druckt was.

Neamdi hat Zeit.

Brauchat an Freind,
ih fiarcht mih.

Neamdi hat Zeit.

Weihnachtn kimmt,
ih brauch wen.

Neamdi hat Zeit.

Quäl mih heut so, dass mar d'Seel fast
verbrennt,
friar an mein Schmerz, der mih total darennt,
kinnt mih wer hoin, – ih taat oiss dafir gebm,
neamdi hat Zeit, – wia so oft in mein Lebm!

so fad

Früher hat er so vü Weihnachtn gspürt,
in seiner Brust hat sih ’s Herz x-fach grührt,
bis zu de Zechan war da ganz schee vü
weihnachtlichs Kribbln und feierlichs Gfüh!

Heut gspürt er nix mehr, de Feiertag fliagn
grad so dahi, mag er noh so vü kriagn,
Freud kimmt net auf, es gibt nix, was er wü,
denn er besitzt vo oim mehra ois vü!

Satt, überfressn, und ganz schee frustriert,
wart er nur ab, wia woih heuer oiss wird,
dass nur an eam liegt, dass Weihnachtn fad
an eam vorbeigeht, der Tag sih so zaht,
kummt eam natürlih net oamoi in Sinn,
er mag sih sölbm net und is mit nix zfriedn.
Es san „de andern“, de in seine Augn
net amoi z’Weihnachtn irgendwas taugn!

„Prost“, „a scheens Fest“ und „an recht
guatn Rutsch“,
schnö san de Feiertag ah wieder futsch.
Er isst an Christstolln, im Fernsehn vü Krach,
und sogar ’s Schnitzl is irgendwia zach.

Früher, ja da hat er Weihnachtn gspürt,
in seiner Brust hat sih ’s Herz x-fach grührt,
bis zu de Zechan war da ganz schee vü
weihnachtlichs Kribbln und feierlichs Gfüh!

verruckte Zeit

Wann de Glühweinbitschn läutn,
Engerl auf da Schneewurst reitn,
drobm am Himmi da Komet
dauernd blinkn mag wia bled,
und da Eiszwerg Wuziwurm
Weihnachtsganserln staubt, der Surm,
is da Schlittschuah nimma weit,
– was fir a verruckte Zeit!

a Wintertag

In Winter mag sie gar net.
Und heut, ja heut, wo ah in da Oarbat oiss
schiefglaufn is,
war a Tag zum Verzweifln.
Sie is vor ihrm Ofnloch ghockt und hat
einigschimpft.
Er ziahgt wieder gar net, der oite Hund,
und d'Kuchl war ah scho ganz verraucht.
Draußn hat's minus zehn Grad.
Saukoit.
Und herinnen ziaght da Ofn net weg.
Dann is s' über d'Kohlnschaufi ah noh
gstolpert.
„Verdammt noh amoi!"
Wia wann s' net eh scho gschlagn und gstraft
gnua waar mim Ofn, der net warm wern wü,
weil er net ziahgt, hat s' gsehgn, dass ihr
oiter Kater, da Burli, wieder nebm sei Kistl
gwischlt hat.
Jetzt war ihr ah klar, wo der strenge Gruch
herkemma is.

Zaumt'n Wintermantl hat s' des Gscher
aufgwischt und d'Haustür kurz aufgmacht,
damit sih da Gruch schnö verziahgt.
Da eiskoite Nordwind is pfeifad einagfahrn
und hat ihr an Schippl Schneeflockn ins
Gsicht blasn.
„Scheiß Winter!"
D'Tür war sofort wieder zua.
Da Gruch wird sih so ah verziahgn.
Da Ofn hat sih's doh noh überlegt und hat auf
oamoi fesch dahinprasslt.
Sie hat d'Haustür zuagsperrt, energisch, so,
ois ob s' d'Kältn und in Nordwind aussisperrn
möcht.
„Saukältn, depperte, depperte, depperte!"

Dann is s' aufs Kanapee ghupft, was s' vo da Tante Hansi gerbt hat, und hat sih in ihre Deckn eindraht.
A großes Häferl Tee hat s' trunkn, Tee mit an Schuss Rum.
Wia da Burli gsehgn hat, dass 's Frauli guat liegt, hat er sih bei ihre Fiaß a Platzerl gsucht, und hat sih zaumdraht wia a kloane Schneckn.
Gschnurrt hat er wia a Notstrom-Aggregat.
„Nau, du kloane Heizdeckn", hat s' gsagt zum Burli, „du steckst ja ah net amoi d'Nasn aussi in Wind bei dem Wetter."
Sie hat den letztn Schluck Tee trunkn.
Sei guate Wärm, vielleicht ah da Rum, und da Ofn, der jetzt richtig bullert hat, san ihr mehr und mehr bis ganz eini krochn.
Auf oamoi san ihr d'Augn zuagfalln.
Wia s' wieder munter worn is, war's warm und fast dunkl.
Da Wind hat aufghört und d'Weihnachts-beleuchtung, de ihr da Fredi aufghängt hat aufn Balkon, hat hinter der vereistn Fensterscheibm x leuchtade Punkte eina-schaun lassn.
Da Schnee hat im Dämmerungsliacht a wunderscheene Farb kriagt.

A ganz a eigenartigs Weiß-grau-silber mit ana
Prise Diamantnstaub obmdrauf.
Sie is auf ihrm Kanapee glegn,
de Deckn aufazogn bis zu de Ohrn,
d'Hoizscheiter habm knistert und des
Guckloch am Fenster hat in Blick freigebm
auf a Märchenwöd.
„Na ja“, hat sa sih gsagt, „so schlecht is
er net, da heutige Tag.“
Und „Scheiß Winter!“ waar ihr beim bestn
Wülln nimma über de Lippm kemma.

Krampus und Nikolaus

Wia sehr wart weltweit Jahr fir Jahr
a riesengroße Kinderschar
am Nikolaus, – ob er bestimmt
wia d'Mama gsagt hat, heit noh kimmt?

Doh leider kimmt er net alloa,
des kau oam d'Freud ganz schee vertoa
über in Nikolaus sei Pracht
in dera gwissn Winternacht.

Da Krampus ghört hoit ah dazua,
und meistens gibt er eh a Ruah,
trotzdem hat er am Buckl hint
a Kraxn, und in der verschwindt
jeder, der zeitweis garstig war,
heit san de meistn in Gefahr,
da hilft dann ah koa Jammern mehr,
der Krampus rupft de Schlimmen her!

Doh was man 's ganze Jahr ah tuat,
da Nikolaus moant's jedn guat,
und muass da Nikolaus dann geh,
lasst er net nur was Siaß da steh,
zruck bleibt obmdrauf in jedn Haus
da Glanz vom heilign Nikolaus!

brav sei

Wer jetzt, so kurz vor Weihnachtn, net brav is,
der kriagt wahrscheinlih nix.
Oder er kriagt nur ganz weng.
Oder nix Gscheits.

Allerdings kann's oam ah eiskoit dawischn,
wann man brav gwen is.
Sogar de Superbravn zahln hi und da drauf.
Es hat's scho gebm, dass a Superbraver
zehn Packerln unterm Christbam gfundn hat,
und nur in zwoa war ah was Brauchbars drin.
Da Inhalt vo de restlichn acht
kann durchaus z'schiach, z'eng, z'weit, z'lang,
z'billig, z'kindisch, z'kitschig, oder z'grauslih
fir a vernünftigs Weihnachtsgeschenk sei.
Sölbst da bravste Mensch hat oft schneller ois
er moant a ungeliebtes Geschenk am Hals.
Und is gezwungen, dass er unterm Christbam
liagt.
Sündigen unterm Christbam is ziemlih arg.
Und sicher net brav.

„Gfallt's dir, Resi?"
„Uiiih, so was Scheens! Danke..." (würg)
Andererseits: Was bleibt oam übrig ois liagn?
Soit man vielleicht auf de Frag
„Gfallt's dir, Resi?"
mit
„So was Scheußlichs hab ih überhaupt
noh nia gsehgn!"
antwortn?
Des gab a Krise unterm Christbam,
Tränen, Verzweiflung, Enterbungen und
womöglih Hinterkopf-Dachtln bis hin zu
Raufereien im weihnachtlich geschmücktn
Wohnzimmer.
Obwoih man eigentlih im Advent brav war.
Das ungeliebte Geschenk, es wird in der
weihnachtlichen Fachliteratur ah ois
„Anti-Geschenk" bezeichnet, is des krasse
Gegenteil vo dem, was unterm Christbam
liegn soid.
Und weil net amoi besondere Bravheit im
Advent vor an Anti-Geschenk schützt,
is man dem ungeliebtn Geschenk praktisch
wehrlos ausgliefert.

Is es erst amoi verpackt und liegt unterm Bam,
is's z'spät. Dann nimmt des Malheur sein Lauf.
Net amoi 's Bravsei is a Garantie für a super
Geschenk.
Ih woaß net, aber irgendwia kinnt ma da
direkt moana, dass 's Weihnachtnfeiern oiwei
komplizierter wird.
Es geht oft so ungerecht zua.
Weihnachtn wird oiwei unberechenbarer,
und is überhaupt nimma kalkulierbar.

„Früher hat jeder seine warmen Wintersockn
und drei Schnittn Kletznbrot kriagt", sagt da
Opa, „und olli habm sih gfreit drüber."
Seit das Anti-Geschenk sih sein Platz erobert
hat unterm Christbam,
siahgst mehr und mehr lange Gsichter am
Heilign Abend.

Obwoih bis zu zehn Packerln pro Person
daliegn, und obwoih der Weihnachtszauber
oiss in oim fast 500 Euro gekost hat.
Bravsei alloa is koa Garantie mehr dafir,
dass ma z'Weihnachtn des Richtige kriagt.
Aber was is des Richtige? Und wer is brav?

Des ungeliebte Geschenk is a Luada.
Es hat sih broatgmacht. Is fast in jeder Familie
zum findn.
Es macht unzfriedn.
Und nimmt so vü Platz ein, im Kopf und im
Gfüh.
Vielleicht is's sogar da Sprengmoasta
vom Weihnachtsfriedn und da Vorbote firs
ungeliebte Weihnachtsfest, firs ungeliebte
Kripperl und firs ungeliebte Christkind.

Kann man de Zeit zruckdrahn?
Kann man wieder Wintersockn und Kletzn-
brot herschenkn und drauf vertraun, dass
dann a jeder zfriedn is mit sein Geschenk?

Woih net.
Aber man kann versuachn, dass man des Richtige schenkt.
Klassiker, mit de man nie verkehrt liegt, san: Zeit, offene Arm, a offenes Haus und a herzlichs Willkommen!

alle Jahre wieder

Weihnachtn is a sonderbars Fest.
Es macht fröhliche Menschn fröhlicher,
glückliche Menschn glücklicher,
besinnliche Menschn besinnlicher.

Es macht aber ah de Traurign trauriger,
de Verzweifeltn verzweifelter,
de Einsamen einsamer.

Und daweil sih de oan
auf Weihnachtn recht gfrein,
ziahgt's de andern 's Herz zaum.

Alle Jahre wieder.

in Christkind z'liab

Wann ih 's Christkind waar,
und alle Wünsch wahr wern lassn kinnt,
tat ih zu allererst jedm Menschn was zum
essn bringa.
Ih tat olli mit Gwand, Wolldeckn und
kloane Buller-Öfn versorgn,
wann ih 's Christkind waar,
damit neamd mehr dafriern muass.

Wann ih 's Christkind waar,
tat ih olli Tränen auf da Wöd einsammln,
und tat s' in Perlen verwandln.
De Perlen bringat ih in de oitn Frauen,
de mit größter Miah und größter Kraft
eanane Kinder unterm und nachm Kriag
mit Nix a scheens Weihnachtn
ermöglicht habm.
Jede oite Mama kriagat vo mir,
wann ih 's Christkind waar,
Perlen, Küsse, Diamantn, Rosn,
und es waar mar net z'blöd,
dass ih a himmlische Spezialeinheit
ins Lebm ruafat,
den flatternden Seniorinnen-Escort-Service,
damit ih jeder oitn Mama an eigenen heilign
Engl an d'Seitn stölln kinnt.

An Engl, der über ihre letztn Jahr und über
ihrn guatn Rutsch in d'Ewigkeit wacht,
wann's dann so weit is.

Wann ih 's Christkind waar, tat ih den
Menschn an Anti-Hand-Heb-Chip ins Herz
einpflanzn, der's ganz unmöglih macht,
dass man zuahaut, hinboxt oder
an oam Kinder-Ohrwaschl ziahgt.
Ih tat Lach-Seminare für Klassenzimmer
und Kuschellehrgänge für Langzeitpartner
einführn.

Schad, dass ih nur a Monika bin und koa
Christkind.
Ois Monika kann man net so vü toa.
De Möglihkeitn san fir Monikas, fir Menschn,
doh recht begrenzt.
Aber wia hoaßt's so schee? – „A bisserl was
geht oiwei."
Ah bei an Nicht-Christkind.
Und des Bisserl, was ih toa kau, versuach ih
zan toa, möcht ih richtig machn.
Im Advent reiß ih mih bsunders zaum.
In Christkind z'liab.

mei Herz hängt dran

Auf unserm Christbam hängt a Stern,
a Zug, a rote Stalllatern,
a Schaukelpferd aus buntm Glas,
a kloana, blau-weiß gstroafta Has,
a Hand voi Zapfn, ganz aus Stroh,
ah gleih danebm a gschniatzta Zoo,
a Elefant und a Kamel,
a Hirscherl mit an echtn Fell,
Kugeln in olli Farbm und Größn,
de goidern Nüss net zu vergessn,
aus weißn Perlen lange Kettn,
a Guglhupf und kloane Bettn
fir d' Puppmküch, so liab und kloa,
und ah a Büschl Engelshoar,
a Herz, bemaln und aus Keramik,
a Engerl, mein Gott, schaut des gschamig,
obmdrauf, ih möcht des net bestreitn,
ah noh a Haufn Siaßigkeitn!
Des oiss hängt an mein Christbam dran,
ih schau na wirklih so gern an!
Mei Herz hängt dran, es schlagt so hoaß
fir Engerln, Stern, fir d' Haberngoaß,
mei Christbam steht fir oiss, was zählt,
er steht fir mih fir d'heile Welt.

Solang's jeds Jahr an Christbam gibt
bin ih in den ganz schwar verliebt,
nix macht mia in da Weihnachtszeit
mehr ois mei scheena Christbam Freid!

's Mütterrundn-Flötn-Trio

Anganga is's ja mit da Angina vo da
Kindergartn-Leiterin am letztn Tag vorm
Weihnachtsurlaub.
Wer soid jetzt den musikalischn Teil vo da
Kindergartn-Weihnachtsfeier übernehma,
so kurzfristig?
D'Leit san gwöhnt, dass's da Keks gibt,
a paar fesche Gedichte vo de Kloan vortragn
wern und dazwischn immer wieder
a kurzes Stückl Musik auf der Gitarre gspüt
wird.
Sie spüt so schee, unser Tante Ursula!
Und jetzt liegt s' im Bett mit Angina.

Weil a paar von uns Müttern de Feier
damois auf gar koan Fall ohne musikalische
Life-Umrahmung dahinplätschern lassn
woitn, habm wir kurzerhand eine Freiwilligen-
Gruppe unter de Mütter zaumgstellt.

Und weil ih hoit oiwei zerst red und dann
denk, hab ih mih ah sofort gmeldt,
schließlih hab ih in da erstn Klass Voiksschui
amoi Blöckflötn glernt.
Doh ih verfluach den Tag, und noh mehr mei
ewigs gleih „Ja“-Schrein.
Was ois harmloses Mütterrundn-Trio-
Flötnkonzert angfangt hat, wachst sih
inzwischn Jahr fir Jahr mehr
zu an konzertantn Weihnachtsoratorium
fir a gemischtes Großorchester aus.

Unser Chefin, sie wü inzwischn, dass mia’s
„Orchester-Präsidentin for Juniors“ nennan,
schreibt de Liada olli selbst, und hat de
Stallszene für neun Geigen und dreizehn
Bläser ois Kurz-Oper gschriebm.
Sogar de ihrer Meinung nach unverzichtbaren
Presswehn hat sie ois dramatischn
Nebenschauplatz durch a Posaunen-Fanfare
angedeutet.
Natürlih muass bei so ana musikalischn
Herausforderung längstens im Juni zum
probm angfangt wern.

„Was dudlst denn so foisch? Herrschaftsseitn! Los, Monika, gib ma a saubers A, o. k.!“, hat s’ gsagt, wia ma de Flötn oiwei durchn Sommerschweiß vo de Lippm grutscht is.
Da war da Punkt erreicht, den man durchaus „Krisn-Punkt“ nenna derf.
„An Spitz kannst habm“, hab ih gsagt, „ih steig aus! Mir wird des z’vü.
A kloane Kindergartnfeier, de a hoibe Stund dauert, und mia wurschtln da mit an Stück umanand, wo sogar da Esel nebm da Krippm dreistimmig schreit!
So was Depperts! Aus! Du kannst mih kasn! Ih wü nimma!“
D’Mariann hat de Gelegenheit gnutzt und gsagt, dass sie ah liaber wieder in der andern Gruppm beim Keksbachn helfn tat, und d’Gerlinde hat breamlt: „Lieber den ganzn Kindergartn auf de Knia aussabürstln, ois noh länger beim Kindergartn-Orchester.“

Unser Präsidentin hat wutschnaubend ihre Zettln eingsammlt und gsagt, dass mia sie gar net verdienen.
Des habm mia net abgstrittn, aus lauter Angst, dass sie sih’s dann net doh noh amoi überlegt.
Des Kindergarten-Mütter-Orchester war gstorbm.

A Zeitl warn mia olli a weng hap aufanaund. Im Herbst habm mar uns wieder griaßt. Beim Martinsfest habm mar scho wieder glacht mitanaund, und bis zum Advent hi war wieder oiss in Butter.
Bei der Weihnachtsfeier hat d'Tante Ursula ihr Gitarr viragramt und „Leise rieselt der Schnee" gspüt.
Schee war's.
Sehr schee.

Meine oft jahreszeitlih beeinflusstn Gebete habm in da Vorweihnachtszeit seit damois an kloan Zusatzwunsch an den liebn Gott.
„... pass auf meine Kinder auf, lieber Gott, und schau, dass ja d'Tante Ursula im Advent koa Angina kriagt. Amen."

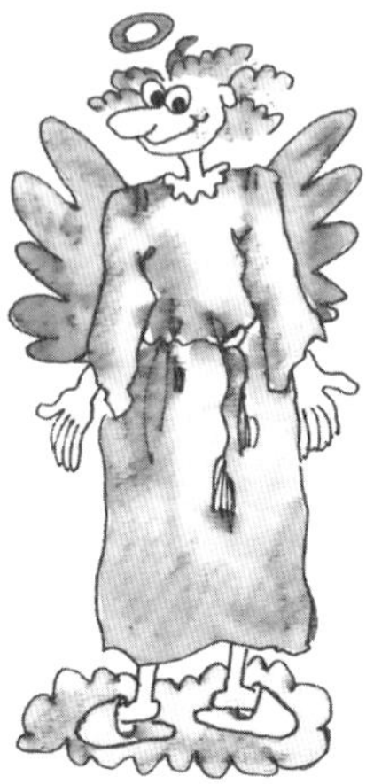

Teddybärn san Geheimnisträger

Ih wünsch mar z'Weihnachtn net mehr
ois wia an neichn Teddybär!
A kloans, brauns Bärli, des was brummt,
wann's in a Rückenlage kummt,
mit schwarze Knopfaugn, treu und rund,
und mit an frech grinsadn Mund.
Sei Bauch soid woach und wuschig sei,
ih möcht an Teddybärn, oh meih!,
ih möcht a Stofftier, denn ih find
a Bär passt net nur zu an Kind.
Ah ih brauch manchmoi so an Bärn,
er darf a jeds Geheimnis hörn,
des was mih druckt, des was mih gfreit,
des was mih anstinkt an de Leit,
des was ih fiacht, des was mih quält,
des was ih kaufn möcht ums Göd,
wen ih gern sahg, wen ih gern möcht,
sag ih dem Bärn, und geht's mar schlecht,
druck ih des Bärli fest und fest,
vergrab mei Gsicht im Bärbauchnest,
und woan mih aus bei mein kloan Bärn,
nur er derf wirklih oissi hörn!
Denn was man eam ah anvertraut,
der Teddy wiederhoit's net laut,
er is verschwiegn und wird net liagn,
ih taat so gern a Bärli kriagn!

taat's so vü gern sehgn

Ih sitz in mein Sessl,
in Deckn eindraht,
schau aussi beim Fenster,
im Haus is's scho stad.

Der Wind waht ums Häusl,
er blast wia er wü,
herinnen is's gmiatlih,
draußt schneibt's ganz schee vü.

Ih schau zu die Stern auf,
Weihnachtn kimmt boid,
ih soid doh voi Freud sei,
doh mia, mia is koit.

Wia is des mim Himmi?
Was wird da drobm gschehgn?
Gibt's wirklih a Jenseits?
Taat's so vü gern sehgn!

Gibt's wirklih Erlösung?
A ganz a neichs Lebm?
Ih taat's so gern wissn,
taat oiss dafir gebm.

Ih sitz in mein Sessl,
bin traurig und miad,
frag leise ins Laare,
wia Weihnachtn wird.

nia mehr wia früher

Iatzt sitzn s' beinand nebm an Christbam.
Wia jeds Jahr.
Der Bam geht bis zu der Tramdeckn aufi,
dass der oite Engl obmauf,
den der Großvater aus Polen mitbracht hat
nach'm Kriag,
mit seine Pappandecklflügl in Plafon stroaft.
A mords Christbam.
Aber irgendwia is er net ganz so schee
wia früher.

Schokoladzeug hängt haufnweis obm
und d'Kugln kennan die mehran vo de,
de iatzt beinaund sitzn nebm an Christbam,
ah scho seit s' Kinder warn.
Vielleicht, so kimmt's eana vor, dass s' nimma
gar so glanzn wia früher.

Irgendoana hat des Kripperl, was d'Godn vo
der Susi nimma brauchn kinna hat, aufgstöllt.
's Christkind, Maria und Josef, d'Viecha und
d'Hirtn.
A scheens Kripperl.

Wann ah, des fallt oan beim zweitn Hischaun
erst so richti auf, de Figurn olli a weng
higstrat san.
Schlampert aufgstöllt halt.

Vor der Bescherung
habm s' oisamt Würstl gessn.
Frankfurter, wia oiwei halt.
Doh ganz so guat habm s' heuer doh net
gschmeckt, de Würstl.

Wann ma's genau nimmt, hat sih ollerhand
verändert bei de, de da heut nebm an
Christbam beinaund sitzn.
Am End wird Weihnachtn und oiss,
was dazua ghört, nia mehr so schee
wia früher,
iatzt, wo d'Mama so krank is,
da Bua bei de Rechtn is und Ausländerbuam
mit an Baseballschläger jagt,
und in Papa sei Postn ois Hausmoasta
eingspart worn is.

was Bsonders

Ih möcht so gern was Bsonders kriagn,
streitat ih’s ab, dann tat ih liagn,
was’s sei soid, foit mir zwar net ei,
doh soid’s a Überraschung sei!
Koa Dings, koa Bums, koa Hallala,
koan Alltags-Krimskram, Sekt vom Spar,
koan Gutschein und koa Fassl Most,
ih möcht was Ausgflippts, wurscht, was’s kost!

A grüne Brilln, a Zimmergwehr,
an Barthaar-Schneider vom Frisör,
a Gästebett, an Sonnenschirm,
a Hackebeil zum Scheiterkliabm,
an Wanderstock, an Stiefelknecht,
vielleicht waar ah a Aff net schlecht,
a oits Skelett, a Kellerstiagn,
ih möcht so gern was Bsonders kriagn!

unterkühlt

Bist koit wia a Schneeflockerl,
und gar so vü schee,
dei Schneeflockerlherz
kann des mei net versteh,
du glitzerst und funkelst,
wann d'Wintersonn strahlt,
und wer sih verliabt in dih
friert und verfallt.

Bist koit wia a Schneeflockerl,
eiskoit vom Gfüh,
dei Eis mag net auftaun,
kann toa, was ih wü!

wehleidig

Koit is's worn, da Wind pfeift ums Haus.
Da kann man oft gar net gnua aufpassn,
dawischt man was.
Wia da kloane Michael Bronchitis ghabt hat,
is d'Mama ganz schee grennt.
Des hat er woin und des, fernsehn war net
recht, a Gschicht vorlesn war so fad, schlafn
hat er net kinna, Memory spün war so deppad,
und 's Essn war ah oiwei grauslih,
ganz wurscht, was d'Mama hertragn hat.
Na ja...
Da beißt ma eini.
San eh so arm, de Kloan, wann s' krank san.

Mein Gott, und kurz drauf, wia ihr Diandl
in da Schui beim Kochn mit drei Finger ins
hoaße Wasser glangt hat! Jessas, des war erst
was!
„Mama, bind ma d'Schuach zua!"
„Mama, frisier mih!"
„Mama, des tuat so weh, kinnst mar net zum
Trost an Grillteller mit Pommes machn?"
„Mama, kratz mir in Buckl."

„Mama, putz ma 's Moped."
„Mama, richt ma an Saft her, bitte."

Mama des. Mama des.
Und wia wann des net gnua waar, hat der
Papa d'Gripp dawischt.
D'Schweinegrippe war's, aber der Verlauf
war so problemlos, dass ah ohne Weiters
a Hamstergripp sei kinna hätt.
So a kranks Mannsbild is natürlih beim
kloanstn Leidn a schwarer Pflegefall,
und so is d'Mama schwartlt vo da Fruah
bis auf d'Nacht.
An Tee hat er woin, d'Deckn aufbeuteln,
an griebmna Apfi mit Honig, de neiche
Fischerzeitung, de's nur in da Bezirksstadt
gibt, a Wärmflaschn, de war zerst z'koit,
dann z'warm, dann hat s' so grauslih nach
Gummi gstunga.
Durt ghängt is er auf der Sof wia da sterbende
Schwan, und obwoih er fiaberfrei war und
acht Bratknödl mit Sauerkraut verputzt hat,
hat er gsagt, er moant, dass er bestimmt noh
drei oder vier Wochn net in Stall geh kann.

D’Mama hat d’Zähnt zaumbissn und hat
nach den herinnern ah noh de draußtern
Rindviecher abgfuattert.
Und sie hat sih damit tröst, dass er ja
irgendwann doh amoi gsund wern wird.

Außerdem miassn Eheleit oanfach ah
zaumhoin und fir anaunder da sei.
In guten wie in bösen Tagen.
So ghört sih des und so hat sie’s versprochn!

Wia wieder oiss vorbei war, und sih da Papa
zaumgricht hat zum Stammtischgeh, hat er zu
seiner Frau gsagt:
„Geh, Schatzi, hol mar schnö de schwarzn
Schuah mit da silbern Schnalln vom Keller
auffa!“
Sie war so froh über de Aussicht, dass er ’s
erste Moi seit Langem wieder abzischt,
dass s’ gleih und ohne Murren grennt is.
Wia’s da Teifi habm wü, hat da Hund,
eana Shorty, sein Gummi-Krampus auf da
Kellerstiagn liegn lassn.

Sie hat's net gsehgn und is ausgrutscht drauf.
„Huiiii" is's ganga und mim Steißbein voran
is sie über jede oanzlne Stufn obigrumplt bis
zum Erdäpfikeller.

„Is was passiert?", hat da Papa obigschrian
und hat sih sein Trachtnjanka anzogn.
Sie hat kaum a Luft kriagt und is irgendwia
über d'Stiagn aufikräult.

Oiss hat ihr wehtan, auf der Stirn hat s' bliat,
's Kreuz hat s' gar nimma gspiat, und da linke
Knöchl is binnen Minuten zu an riesign blauen
Binkl angschwolln.
„Jessas, bist du patschat", hat da Mann gsagt,
„hast leicht du koane Augn im Kopf?
Den Krampus siahgt ma doh vo olla Weitn!"
Sie hat nix gsagt und sih auf d'Sof glegt.
„Ähhm, Mutti, d'Schuah hast aber net mit
aufagnumma, goi?", hat er gfragt.
D'Kinder san wia a Wirblwind bei der Haustür
einakemma.
„Was is denn mit da Mama?", habm s' gfragt,
und „was gibt's denn heit zum Essn?"

Da Papa is schee langsam nervös worn, weil d'Mama gar koan Rührer tan hat, es war schließlih längst Zeit fir'n Stammtisch. Und den woit er net versäuma, denn heit war ja zugleich d'Weihnachtsfeier vo de Zimmergwehrschützn.
„So, Mutti, geh weiter!", hat er gsagt, „da hab ih gar koa Ruah, wann ih zum Wirt geh und du liegst da auf da Sof mim Haxn in da Höh! Des gfallt mar gar net! Jetzt steh hoit auf. Probier's! Steig a weng drauf, vielleicht geht's eh scho wieder!"

Draußn hat oana ghupt.

„Da Poidl wart scho auf mih", hat er gmoant und is davo.
In der Haustür hat er sih noh amoi umdraht und hat gsagt:
„So arg wird's ja doh net sei, jetzt reiß dih hoit a weng zaum und sei net gar so wehleidig. Und nächsts Moi schaust zerst, wo'sd hinsteigst. Siahgst eh, was dabei aussakimmt, wann'sd oiwei umanaund steigst wia 's blinde Hendl. Ih muass mih nix ois wia rantn um dih und kann net amoi mit guatn Gwissn zur Weihnachtsfeier geh!"

Mit fröhlich quietschate Roafn san s' abdampft, da Papa und da Poidl.
D'Mama is in d'Küch ghumplt, hat sih an Waschlappm aufs Hirn glegt, und hat sih an doppltn Schnaps eingschenkt.
Und denkt hat sa sih: „Ih mag'n scho, mein Rudi, freilih. Und man muass recht friedliche Gedankn habm, grad jetzt, im Advent. Aber manchmoi, ja manchmoi, da taat ih'n am liabern dawürgn!"

Siahgt man 's Rentier scho

Da Rudolf mit da rotn Nasn,
hat im Moment koa Zeit zum Grasn,
weil jeder suacht des Viech im Schnee,
denn d'Kinder glaubm ja jedn Schmäh,
der vo de Amis umateifelt,
sodass als Mama man verzweifelt!
Ganz wurscht, wia man sih owiplagt,
man wird ja trotzdem netta gfragt:
„Wann kummt denn jetzt da Weihnachtsmau?
Und siahgt man net sei Rentier scho?"

Werd ih dann giftig im Advent
und zoag in d'Kinder meine Zähnt,
weil neamd mehr 's Christkind hart verteidigt,
und mih der Umstand sehr beleidigt,
dann hoaßt's ja glei: „D'Mama flippt aus!
Der bringt er nix, da Santa Claus!"

San leicht de neichn Weihnachtssittn
nur mehr bei mir so hart umstrittn?
Is unser Christkind net guat gnua?
Ih wü vom Santa Claus mei Ruah!

Ih wü mei Christkind, leise Glockerln,
wü Engelshaar und koane Sockerln,
de angnaglt wern am Kamin,
und wo vom Santa Claus was drinn!

Ih wü koa Rentier, koa recht eiligs,
ih wü an Zauber und was Heiligs,
ih wü, dass d'Kinder net vergessn,
's Christkinderl is im Stall draußt gsessn,
damit mia olli selig wern,
wü des denn wirklih neamd mehr hörn?
Gfragt is woih nur mehr lauts Gebimmi
und irgend so a Santa-Krimi,
der hint und vorn erfundn is,
ja, uman Santa is a Griss!

Des is doh deppad, möcht ih moana,
ih hör des Christkind scho fast woana,
weil's neamd mehr anbet in da Krippm,
da Segensspruch vo seine Lippm:
„Friede den Menschen auf der Erde,
auf dass das Paradies euch werde",
geht unter, denn man hört Gott wo,
doh ständig nur mehr „Ho, Ho, Ho!"

Weihnachtsbeicht

Wia mei Tante Loisi aus Wien amoi recht krank gwen is, is mei Cousin fir fast vier Monat zu uns kemma. Spätherbst is's gwen, a traurige Zeit, aber Gott sei Dank is d'Tante Loisi in Frühling aussi wieder gsund worn.
Da Thomas war, auf des, dass er vo Wean gwen is, ziemlih nett und mia habm uns guat vertragn.
Er hat in der Zeit, wo er bei uns gwohnt hat, natürlih ah in d'Schui mitgeh miassn. Beide san mia in da drittn Klass Volksschui gwen, und wann oana gmoant hat, er kinnt mein Cousin wegn sein Weana-Deutsch sekkiern, hat er mih kennaglernt. A Rossbiss war noh des Mindeste, was sih da schnö oana einghandlt hat. Mit mir war net guat Kirschn essn. Damois.
Freilih hat mih sei „heaaaast" und „leiwaund" ah z'Tod aufgregt.
Aber des geht neamd was an, des hab ih neamd gsagt, und ih hab'n oiwei fest verteidigt, mein Cousin. Er war recht a Woasal.
A Stadtkind hoit.

Im Dezember, da war dann absehbar, dass da Tante Loisi besser gehn wird, habm mia uns scho sehr aufs Christkind gfreit. Und auf d'Weihnachtsferien.

De Freud hätt uns da Herr Pfarrer allerdings fast ruiniert.

A guate Wochn vor Weihnachtn hat er im Religionsunterricht gsagt, dass ma am Freitag in de letztn zwoa Stund gemeinsam beichtn gehngan.

Mia Riedberg-Kinder habm des kennt und habm uns gfreit, dass wegn an Beichtngeh Rechnen und Lesn ausfoit. In da Kirchn is's oiwei so schee im Advent. D'Krippm is scho aufgstellt und des hoamliche Ratschn, oiwei mit der Angst im Nackn, dass oam d'Mesnerin dawischn und bei de Haar ziahgn kinnt, war a tolle Abwechslung zum Schuigeh.

Da Thomas war ganz niedergschlagn, wia er ghört hat, dass er beichtn geh muass.

„Was muass ih denn da gar tuan?", hat er gfragt auf d'Nacht vorm Einschlafn.

„Du wirst ja doh scho amoi beichtn gwen sei und wissn, was ma da toa muass",
hab ih gsagt.

Da Thomas hat in Kopf beitlt und rote Ohrn kriagt.

„Des is schlecht", hab ih gsagt und hab mih gfreit, dass ih in Thomas so zerknirscht auf da Gästesof liegn siahg, „wer koa reines Gwissn hat in da Heilign Nacht, so sagt da Herr Pfarrer, bei dem wird 's Lamm Gottes net einkehrn."
„A Lamm brauch ih eh koans", hat da Thomas fast dränzt, „aber wann 's Christkind wegn dera blödn Beicht net kamat, des waar des Schlimmste."
Da hab ih eam recht gebm miassn.
A Lamm waar scho was, freilih, aber gar nix im Vergleich zum Christkind.
„Monika, du muasst ma helfn", hat er bitt aus tiafstn Herzn, und des is mir natürlih owigrunna wia Öl.
„Freilih", hab ih gsagt, souverän meine religiösn Kenntnisse ausspielend, „so a Beicht is nix Schwierigs. Und beichtn is was Scheens. Des siahgst ja eh alloa scho an de zfriedna Gsichta, wann d'Leit unter da Mess vom Beichtstuih aussasteign."
Da Thomas hat ma gstandn, dass er und sei Mama praktisch nia in d'Kircha gehngan, ja er woaß net amoi, ob da Stefansdom überhaupt an Beichtstuih hat.

Des war jetzt natürlih scho a verzwickte Gschicht, weil mit so oam wia mim Thomas muass ma ganz vo vorn anfanga.
Zerst hab ih eam amoi erklärt, wia ma sih dem Beichtstuih nähert, nämlih mit gfaltete Händ und niedergschlagnem Blick, und was man sagt, wann ma des Türl hinter sih zuagmacht hat.
„Ma kinnt sih im Beichtstuih ah hinsitzn, weil a kloans Bankerl drin is“, hab ih in Thomas erklärt, „aber gscheiter is, du kniast dih hin, des is in Pfarrer weit liaber, weil des schaut vü demütiger und reuiger aus.“
Nur mit Müh und Not hat sih da Thomas des oiss damerkt.
„Und wannst dann amoi fesch durt kniast, und da Pfarrer, der in dem Moment net da Pfarrer sondern das Ohr Gottes is, sagt ‚sprich!’, dann muasst eam a paar Sündn sagn, am bestn drei. Drei san net z’vü und net z’weng. Des passt grad fir a Kind in unserm Alter.“
Da Thomas war immer noh ganz dasti und is an meine Lippm ghängt.
„Was sagst denn du fir Sündn, Monika?“, hat er wissn woin.

Ih war natürlih vorbereitet, wia immer, und hab meine Sündn scho beinand ghabt.
„Ich habe meinem Bruder Fredi einen Kaugummi gestohlen, ich habe mit meinem Bruder Walti um die letzte Knacker gerauft, und ich habe zu meiner Banknachbarin ‚blöde Sau' gesagt. Amen. Mein Jesus Barmherzigkeit."
Jetzt war er völlig baff, da Thomas.
„Meih, so klasse Sündn! Derf ih de ah hernemma?", hat er gfragt.
„Spinnst leicht!", hab ih gsagt, „des san meine Sündn! Aber vo mir aus hilf ih dir, dass ma fir dih ah a paar Sündn findn."
Da Thomas war mir so dankbar und er hat mih aufrichtig bewundert. In dera Nacht im Advent bin ih in seiner Achtung gwachsn ois wia, und vo dem Glanz is ehrlih gsagt bis heit noh a weng was bliebm.
Er scheicht mih bis heit.
Mia habm uns drauf geeinigt, dass da Thomas sehr ehrlih bereuen soid, dass er immer als Erster so gierig zuagreift, wann d'Mama Heidlbeerdatscherl macht, sei Leibspeis,

und dass er gestehen muass, dass er in Rechentest vo mir abgschriebm hat. Dann soid er noh sagn, dass er da Renate, de da Lehrerin oiwei oiss verschiaglt hat, ’s Gsicht mit Schnee eingriebm hat bis s’ dränzt hat. „Amen“ und „mein Jesus Barmherzigkeit“ ghörn sowieso immer hintn nach gsagt, und so miassad ah beim Thomas oiss guat geh.
Da Thomas war jetzt hoibwegs zuversichtlih und hat sih seine drei Sündn immer halblaut vorgsagt, damit er s’ boid auswendig kann.
A letzts Moi is er aufburrt im Bett.
„Was tua ih, wann ih drinn knia im Beichtstuih und oane vo meine drei Sündn vergessn hab?“, hat er gfragt.
„Dann“, hab ih gönnerhaft und theatralisch gsagt, „derfst dir ausnahmsweis oane vo meine drei Sündn ausleicha. Aber nur oane!“
Da Thomas hat erleichtert aufgseufzt.
„Monika“, hat er gsagt, kurz vorm Einschlafn, „du bist de beste Cousine, de man habm kann, echt leiwaund.“
Wia gsagt, manche Dinge, de rinnan owi wia Öl...

a Fest ohne Liader

A Fest ohne Liader, des is, tat ih sagn,
so schlimm wia a Hemd ohne Knöpf,
ohne Kragn!
A Hemd ohne Knöpf und ah ohne an Kragn,
is sogar weit weniger schlimm, tat ih sagn!

a Göd

„Was wünscht dar z'Weihnachtn denn heuer?“

„A Göd.”

„Geh! A Göd! Sowas vo unromantisch! Kannst dir doh koa Göd wünschn.“

„Sicher kann ih des. Was wünscht da denn du?“

„Ih wünsch mar an Pullover. Des passt fir Weihnachtn. Na. Du. A Göd. Oiso wirklih.“

„Pullover find ih guat. Aber wer woaß, ob da der gfoit, den da dei Mann kauft. Er ois oiter Jaga, vielleicht kriagst so a greans Utrum in Tarnfarb.“

„Moanst?“

„Oder er kauft da oan, der z'groß is oder z'kloa, und wann'sdn umtauscht, spinnt er. Glaub mar! Ih bin scho länger verheirat wia du!“

„Mach mar’s net so schiach. Aber du hast recht. Wünsch ih mar liaber a Handtaschn.“

„A Handtaschn? De da Rudi aussuacha soid?“

„Du tuast ja, wia wann er überhaupt koan Gschmack hätt! Freilih muass er de aussuachn. Des wird scho passn.“

„Ja, vielleicht ois Großeinkaufsbeutl firn Baumarkt. Da Rudi is a Praktischer, der schenkt dar nix Scheens, der schenkt dar was Praktisches, wann’s nach eam geht. An Multifunktionssack fir alle Jahreszeitn und fir alle Gelegenheitn.“

„Du machst mih noh fertig! Aber ganz so unbegründet san deine Bedenkn wahrscheinlih eh net. Es is ja wirklih meist so, dass er’s guat moant und dann mit an Geschenk daherkimmt, wo’s oam d’Grausbirnen aufstöllt. Man muass bei de Wünsch doh a weng vorsichtig sei. Am bestn wird sei, ih wünsch mar a Körperpflegeset mit Schaumbad und Feuchtigkeitsmaske. Des is immer a Freid.“

„Aber net, wann's da Mann aussuacht! Der kauft sicher was ganz arg Stinkads, irgendwas, was fir an Mann guat riacht. Und wia ih dein Jaga kenn, kriagst de Duftnote ‚Feuchtes Laub' oder ‚Hirsch in der Brunft'."

„Jetzt hör scho auf! Des is ja furchtbar!"

„Ih moan dir's nur guat! Lass da was sagn vo ana Frau, de zwanzig Jahre Weihnachtn mim sölbn Mann verbracht hat! Ih kenn mih aus im ehelichn Geschenkeparadies! Ih wünsch mar jedenfois a Göd. Eam daspar ih den Stress mim Einkaufn, des mag er eh net. Dann kauf ih mar nach de Feiertag genau des, was ih wü, bedank mih a Langs und a Broats bei eam und olli zwoa san mar zfriedn."

„Des hört sih guat an."

„Und mia streitn ah net wegn de Geschenke."

„Was kriagt denn eigentlih der Mann vo dir?"

„Der kriagt ah a Göd. Meist kauft er sih was für sei Vespa oder sei Werkbank."

„Und des taugt eich?"

„Ja, sehr! Bei uns wird net umtauscht, koana kriagt was Verkehrts, koana muass Freid heucheln über a Geschenk, was er am liabstn in Kachlofn schiabat – alles paletti unterm Christbam, jeds Jahr!"

„Aber, aber, is des net doh recht unromantisch?"

„Wer sagt, dass Weihnachtn romantisch sei muass?"

„Woaßt was? Ih moan, ih wünsch mar ah a Göd!"

Ochs und Esel

„Schlafst scho, Esel?“, hat der Ochs gfragt.
„Geh! Wia denn, wann’s zuageht in unserm Stall, ois wann die junga Lampi hergschenkt wurdn! – Und du hast ja ah dauernd ’s Mäul offn. Da kunnt ih sowieso net schlafn!“
„Esel?“
„Herrschaftsseitn, du segganter Ochs, du! Sei endlih amoi stad mit deim Gsurrm! Den ganzn Tag hab ih wieda in Bauern seine schwarn Troadsackln umanaund zarrn miassn und hab mir mei Ruah verdient! Suach dir a Mäul voi Heu und tua a weng wiederkäun! Da geht ah d’Nacht umi, wannst scho net schlafn kannst! Und sei endlih ruhig, du alter Tepp!“
Der Esel, dem wirklih scho dauernd d’Augn zuafalln, draht in Ochsn sei Hintergstell zua und loahnt sein Kopf beim laarn Barrn an.
Er schnauft a paar Moi tiaf durch.
Nach oam Zeitl macht er d’Augn wieder auf, weil eam der stade Ochs jetzt ah komisch vorkimmt:
„He, Ochs, was is denn los? Was sagst denn nix mehr?“

„Hast ja gsagt, dass ih eh oiwei grad surrm”, sagt der Ochs beleidigt, „und außerdem: hörst du net wia’s zuageht im vordern Teil vom Stall? Psst, ih möcht wissn, was sih tuat da vorn.“
„Wo vorn?“, fragt der Esel voller Läst und hoibats schlafert.
„Nau, durt, wo der schiaglade Knecht mit der Glatzn im Sommer oiwei hoamlih a kloane Sau fuattert! Bei dem wackladn Kripperl hoit.“
Olli zwoa sans für oan Moment stad.
„Nix, nix hör ih“, hat der Esel gnuschelt. Seit seiner Operation is der Ochs so wunderlih wurn, hat er sih denkt und woit eam scho was Gsalzens am Kopf zuasagn, da hört er’s plötzlih ah.
Zwoa Leit miassns sei, a Mann und a Frau. Und wia s’ eanan Kopf drahn und reckn, sehgns sie’s sogar a weng.
Sie hoit sih ihrn großn Bauch und seufzt „au weh, au weh“, und er tritt von oam Fleck zum andern und jammert dabei „Himmivater hilf, Himmivater hilf!“
„So deppad san die Menschn“, hat sih der Esel denkt, „Himmivater hilf, sagt der Kunterling. Was da jetzt wirklih helfert, waar gwiss a Hebamm. Net der Himmivater.“

„Aber vo de Menschn is noh nia vü Gscheits kemma“, hat er sih denkt und woit wieder schlafn. Dass ah d’Leit Kinder kriagn is net so aufregend für’n Esel. Und schließlih, so moant er, is a junger Esel immer noh scheener als a junger Mensch, der meist net amoi Haar und Zähnt hat.

„Mein Gott, Esel, schau!“, fangt der Ochs wieder an und gibt eam an Renna, dass’n grad aso reißt, „so was Arms! Der patscherte Kunt, der die ganz Zeit netta blöd umanaund tretn is, richt grad in der oitn, wackladn Krippm a Kindsbett her. Die wern ja doch des kloane Kind, was iatzt jedn Moment kemma muass, net in a ordinäre Fuattakrippm einilegn?“
„Und wann sie’s in die Schaf eanan Melchkübel einistopfn, is mir des wurscht“, hat der Esel durch die Zähnt durchizischt, „lass mih doh mit denen eanare Entbindungsgschichtn in Ruah! Ih brauch mein Nachtschlaf. Du bist neugieri wia in Großknecht sei Oite, die oiwei in sein Brotbeutl einischnoartelt in der Hoffnung, dass was Verdächtigs findt. Wannst mih iatzt noh oamoi aufweckst, du kastrierts Viech, lernst mih kenna.

Ah der geduldigste Esel explodiert iawent.“
Und ganz leise hat er noh in sein Eselsbart breamelt: „Bsonders nebm an so an Trottl!“

Der Ochs war iatzt ah beleidigt und hat ’s Mäul ghoitn.
Nur ganz eiwendi gseufzt hat er hin und wieder.
Und obwoih sih der Ochs wirklih stad ghoin hat, hat der Esel einfach nimma einschlafn kinna. Außerdem hat er sih a weng gschamt, weil er gar so unguat gwen is zum Ochsn. Schließlih san s’ ja sunst guate Freund. Aber a Esel kann net so einfach sagn, dass eam was load tuat. So hat er in Ochsn hoit die gelbe Ruam, die er für bsondere Tag unter sein Barrn versteckt hat, zuagschobm.

„Da, friss“, hat er gsagt, „hast eh oiwei an Hunger.“
Und weil der Ochs ah nach der gelbm Ruam noh net ganz ausgsöhnt war, hat er pobiert, ob er’n net zum Redn bringa kinnt:
„Was tuat sih denn bei die Leit durt vorn?“

Der Ochs hat aufigschneuzt und gflüstert: „’s Kinderl is scho da, Esel! Meih, is des liab! Und schau dir die Eltern an! Wia die strahln! Des is ja scheena zum Anschaun wia a glänzerter, frisch abgschleckter Salzstoa.“
„Dass’d oiwei gleih so übertreibm muasst!“, hat der Esel gsagt, froh, dass der Ochs wieder guat war mit eam.
„Du, teiln wir uns a paar Äpfi? Schau her, Ochs, ih hab in Bauern sein Diandl heut a paar abgluchst!“
Aber der Ochs hat nur sein Kopf beitelt und wieder in Hals recht greckt. Des hat in Esel scho recht überrascht, weil seit der Operation is für’n Ochsn ’s Essn des Wichtigste worn.
„Bist du narrisch! Hast des gsehgn? – Da is grad a goiderne Fledermaus bei meine Hörndln vorbeizischt!“

„A goiderne Fledermaus is bei deine Hörndln vorbeizischt? Du hast woih an goidern Vogl!“ Doh im selbm Moment, wia der Esel noh schimpft, siacht ah er was durchn Stall flattern. Und wia er noh im Studiern is, was denn da los is, wird der ganze Stall auf oamoi vo an weichn, helln Liacht ausgleucht.

Ganz leise habm zarte Stimmen zum Singen angfangt. Und obwoih der Wind uman Stall umipfiffn is, war's auf oamoi molli warm nebm dem Kripperl.
Die Knecht, die scho längst gschlafn ghabt habm, san einagschlichn, oana um den andern. A jeder hat a Weisad mitghabt für den kloan Buam: a Lampifell, an Loab vo dem guatn Kas, den sunst grad der Bauer kriagt, und a Flascherl Brenntn. Den hat's die Knecht am schwerern aussagrissn.
Der Ochs und der Esel san mim Schaun net zaumkemma. Kaum war die Knechtnprozession umi, san noh drei Kuntn daherkemma. Oana davo war sogar a kohlrabnschwarzer.
„Ihr Heilign, schauts oba! Ma kimmt net zua Ruah! In unserm Stall a so a Trara! Was is denn da heut netta los?“, hat der Esel breamelt.
„Kapierst denn du sturer Esel noh oiwei net, dass da heit a Wunder gschehgn is? Irgendwas is mit dem Kindl da. Ih woaß zwar ah net was, aber ih gspür was ganz was Bsonders im Bauch.“

„Dein Magn wirst scho wieder gspürn, verfressener Ochs“, hat der Esel gmoant, „ih gspür nix, aber“, hat er nach oan Zeitl zuagebn, „komisch is des oissi scho!“
Der Ochs, der vor lauter Aufregung scho ganz nasse Augn kriagt hat, hat oiwei wieder ganz verliabt auf des Kripperl higschaut, wo jetzt der kloane, plärrate Bua drinn glegn is und wo im Summer der schiaglade Knecht hoamlih a Sau gfuattert hat.
„Ih sag dir’s hoit, Esel, so wahr ih a Ochs bin und koa Stier mehr: In unserm Stall da is heut a Wunder gschehgn! Und der kloane nackerte Spatz da is was ganz was Bsonders. Die goidern Fledermäus san gwiss Engerln! Taatn leicht wegn an normaln Kind d’Engerln ausruckn, ha?“

„Mir is des trotzdem wurscht. Hab ih was ghabt vo dem Wunder, außer dass’s mih um mein Schlaf bracht hat?“, hat der Esel ärgerlih gsagt. Er woit sih wieder dauni drahn und vielleicht doh noh a weng duseln bis zum Morgengraun.

Ganz beiläufi hat er in sein Barrn gschaut – und d'Augn aufgrissn: bummvoll is der gwen! Angfüllt mit Zuckerruam, zartn Sommerkräutln und knusprigen Brotscherzln. Da is eam 's Herz woach worn! So vü guats Zeug zum Fressn! Da is eam ah weihnachtlih worn, wann ah netta im Magn.
„A Wunder!", hat er sih denkt, „ja, des is iatzt wirklih a richtigs Wunder! Oans, mit dem sogar a Esel was anfangen kann!"

Weihnachtskrise

Mei Wohnung is dreckig,
und d'Weihnachtsgans speckig,
de Strohstern san zackig,
mei Mann zum Glück knackig,
mei Hund ganz schee bockig,
und's Engelshaar lockig,
da Lebkuchen eckig,
da Christbamspitz fleckig,
da Kekstoag is pickig,
und ih bin heit zickig!

Und tschüss!

Packerln gibt's heit koane,
's Göd braucht er alloane
er schenkt nixi her,
das fallt eam net schwer!

Nix schenkt er da Oma,
liegt eh fast im Koma,
und nix kriagt da Bert,
ganz wurscht, was sih ghört!

Und falls d'Irmi glaubat,
dass sie was abstaubat,
dann hat sa sih gschnittn,
nix kriagt s', de oit Spinn!

Und fir seine Briada
singt er a paar Liada
vom Rentier im Schnee,
des kost nix – wia schee!

’s Göd braucht er firn Flieger,
sein Trip zu de Tiger,
de Schenkerei quält
net nur wegn an Göd!

Wem geht ’s Fest nuh eini?
Oiss draht sih um Scheine,
Kommerzporno pur,
Weihnachtn – a Hur?

am größtn

„Was is z'Weihnachtn bei dir des Größte? –
d'Packerln?"

„Na!"

„Was denn? Da scheene, zimmerhoche
Christbam?"

„Na!"

„Da Bsuach vo da Schwiegermuatta am
Stefanitag?"

„Geh, hör auf! Na!"

„Kinnst vielleicht amoi nachdenkn und
a vernünftige Antwort gebm?
Was is z'Weihnachtn bei dir des Größte?"

„Ganz ehrlih?"

„Ganz ehrlih!"

„Da Bauch!"

des wünscht sih a Schaf

Neilih, wia ih lieg und schlaf
tram ih vo an Weihnachtsschaf,
siahg's nebm unserm Kühlschrank steh,
es schaut traurig, dann sagt's: „Määh!
Iss doh heit net, in Gotts Naum,
olli meine Briada zaum!
Antn, Fackerl, Kaiberl gar,
liegn am Tisch, na, wirklih wahr,
weil eich Leit nach feiern is,
doh fir uns, so vü is gwiss,
san de Feiertag a Graus,
koana kimmt in Schlachter aus!"

Ih war dann im Tram entsetzt,
hab doh ah scho ’s Messer gwetzt,
denn ih woit a Rindfleisch siadn,
’s Schaf hat recht – den Viechern bliahn
harte Tag, ih siahg des ei,
oiwei Fleisch? – Des muass net sei!

’s Schaf trinkt dann noh, ohne Schmäh,
in mein Tram mit mir Kaffee,
diskutiert mit vü Elan
anschließend mein Speiseplan,
wünscht sih Knödl, Obst und Griaß,
mit Salat, mit Brot, mit Gmias!
Ih versprich dem Schaferl noh:
„Fleisch is Weihnachtn tabu!“

„Danke“, sagt mei Schaf und „määh!
Dann wird Weihnachtn ah schee,
und zwar net nur fir de Leit,
de gesamte Christenheit,
ah fir Schaf und Ochs und Henn,
und jeds Viecherl, was ih kenn!“

Spür, ih werd schee langsam wach,
kraul mei Weihnachtsschaf und lach,
sag noh: „Schaferl, ih hoit Wort!“
Und dann war mei Schaferl fort!

Wisch- und Wedeldrang

Jeds Jahr vor de Feiertag,
wo ih ’s Putzn eh so mag,
schnapp ih mir a Laug im Kübl,
kämpf gegn jedes Hausstaub-Übl,
rübbel mit an oitn Hadern,
kriag vor lauter Wischn Bladern,
jeder Handgriff passt und sitzt,
gib koa Ruah, bevor’s net blitzt!

Es is dieser Putz-Exzess
mehr ois wia a Wedelstress,
er is, drum putz ih voi Freid,
da Beginn da Weihnachtszeit!

Lass den Wischmopp mir net nehma,
und des Christkind, des kann kemma!

da dritte Hirt vo links

A ganz a bsonders Erlebnis für uns Kinder damois war jeds Jahr de Zeit, wann des große, scheene Kripperl in unserer Kirchn gstandn is. Und der oite Pfarrer, a Kapuziner, hat sih nach da Kirchn oiwei noh lang Zeit gnommen fir uns, dass er uns oiss zoagt und oiss erklärt hat. Er hat unser kindliche Begeisterung ah oiwei gnutzt fir an zusätzlihn Religionsunterricht und hat uns allerhand gfragt so nebmbei.
„Wer san denn de drei festlih gekleideten Männer da, wo oana davo sogar a Schwarzer is?", hat er gfragt.
„De Heilign Drei König," hab ih gleih virigschrian.
„Ja, richtig. De Heilign Drei König san des. De san monatelang dem Stern nachgrittn auf enane Kamö", hat er gsagt und uns is da Mund offn steh bliebm.
„Und wia hat de Ortschaft ghoaßn, zu der der Stall ghört hat, in dem 's Jesu-Kind auf d'Wöd kemma is?"
Ah des habm mia gwusst.
Weiter und weiter hat er gfragt, bis wirklih vom Stern mim Schweif bis zum Ochsn und zum Esl oiss in dem Kripperl besprochn war. Mia habm uns net sattsehgn kinna.

Da Pfarrer hat unsa Bibelfestigkeit weiter trainiert.
„Und sunst foit eich nix mehr auf an da Krippm?“, hat er gfragt.
Mia habm net gwusst, was er moant.
„Schaut’s genau, Kinder!“
Mia habm jede einzelne Figur mit Argusaugn fixiert.
Mia is was aufgfalln, tatsächlih, aber ih war mir net sicher, ob er des hörn woit, da Herr Pfarrer.
Er hat mih liab angschaut.
„Nau, Monika, was moanst? Hast was Seltsams bemerkt? Oder was bsonders Scheens?“
„Ja, Herr Pfarrer!“
„Sehr brav, hat er gsagt, was is dar denn aufgfalln?“
Ih hab mar a Herz gnommen und hab eam gsagt, was ih bemerkt hab:

„Herr Pfarrer, da dritte Hirt vo links schaut aus wia unsa Resi-Oma!“

fast futsch

Des oite Jahr is fast scho futsch,
ih wünsch dir froh an guatn Rutsch,
a Herz voi Hoffnung, Heiterkeit,
und dass dih oiss, was'd anpackst, gfreit!
A Jahr, es roast so schnö vorbei,
es is ganz kurz nur frisch und nei,
kaum hast an Plan firs neiche Jahr,
is's ah scho wieder um und gar!

Manchmoi denkt man Silvester drau
wia schnö sih oiss verändern kau,
a Ausrutscher, a Haspler, – zack! –
scho hast a Binkl Not am Gnack!

Drum is grad heit bestimmt neamd plagt,
wann man ois Gruaß recht herzlih sagt:
„Kimmt's wia da wü, und geht ah rund,
ih wünsch dir Glück, und bleib mar gsund!"

da guate Vorsatz

„Hast scho an guatn Vorsatz firs neiche Jahr?“,
hat mei Schwiegermuatta gfragt,
wahrscheinlih weil s’ wia jeds Jahr hofft, ih
sagad drauf: „Ja, ih leg an Wurzgartn an.“

„Hast scho an guatn Vorsatz firs neiche Jahr?“,
woit mei Walti-Bruada, das wandelnde,
leibhaftige Laster wissn.

„Hast scho an guatn Vorsatz firs neiche Jahr?“,
hat da Gerhard, da Vater vo mein zukünftign
Schwiegersohn gfragt und hat dabei streng
meine Speckniern fixiert.

„Hast scho an guatn Vorsatz firs neiche Jahr?“,
hat d’Margot gfragt, während s’ mar a großes
Stickl sölm gmachtn Apfistrudl aufs Teller
glegt hat.

„Wieso fragn mih olli?“, hab ih gsagt,
„hast du denn scho an guatn Vorsatz?“

„Ja, freilih! Sölbstverständlih! Is ja höchste
Zeit! Bestimmt hast du ah scho oan, sag!“

Ih hab mih umigschwindlt mit an leise
gschnuschltn „is a Geheimnis“.
In Wirklihkeit hab ih oafach koan ghabt.
Warum habm olli an guatn Vorsatz firs
neiche Jahr, nur ih net?
Hab ih wirklih so guat wia koane Sündn,
oder is eh scho oiss z’spät bei mir?
Oder wü ih oafach net mit dabeisei bei der
Horde Guate-Vorsätz-Fasser-und-nur-a-Stund-
Einhalter, was de mehran ja san.
Aber Außenseiter wü ih andererseits ah
koana sei.
Scho gar net gleih wieder am Anfang
vom Jahr.
Ih hab angstrengt nachdenkt, womit ih
mih im neichn Jahr einschränkn kinnt.
Mim Essn? – Na!
Mim Rotweintrinkn? – Na!
Mim blöd Daherredn? – Na!
Ih wü mih net ändern! Ih bin zfriedn mit mir!
Was soid ih anders machn in mein Lebm?
Ih hab mih gern, so wia ih bin.
So mamiwoach, so lustorientiert,
so bodnschwar, so schrullig.
Doh olli habm s’ an guatn Vorsatz, nur ih bin
hoit scho wieder so...

Gibt's koan gehbarn Weg? An Vorsatz light
oder so?
Doh!
Sicher! Stur derf man eh sei,
aber bled hoit net!
Ih hab mir a Packerl Tschick kauft
am 31. Dezember.
Des hab ih brav und ernsthaft samt
inhaliern und huastn zaumgraucht.
Und wia mih wieder wer gfragt hat
„Hast scho an guatn Vorsatz firs neiche Jahr?",
hab ih gsagt: „Ja! Eh klar!
Ih hör 's Rauchn auf!"

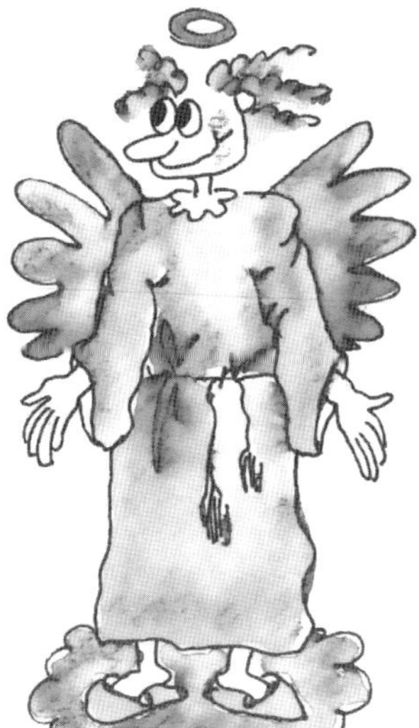

mehr oder weniger

Mehr arbeitn.
Weniger essn.
Mehr Bewegung.
Weniger faulenzn.
Mehr Sport.
Weniger Göd ausgebm.
Mehr Beziehungsarbeit.
Weniger Gleichgültigkeit.
Mehr lesn.
Weniger fernsehn.
Mehr nachdenkn.
Weniger dreinhaun.
Mehr dankn.
Weniger fordern.
Mehr lachn.
Weniger grantln.
Mehr gebm.
Weniger nehma.
Mehr Fröhlichkeit.
Weniger raunzn.
Silvester und Neujahr macht de Leit
alloa schon wegn de guatn Vorsätz verruckt.
Mehr oder weniger.

Gedankn zu Silvester

In da Hand a Glaserl Sekt,
d'Sorgn, de hoit ma heit versteckt,
jeder feiert 's neiche Jahr,
denkt dran, wia des oite war,
und man hofft, dass nix passiert,
dass, was kimmt, zum Aushoin wird!

Bist ganz jung, stehst voi im Saft,
glaubst an dih mit ganzer Kraft,
mit de Jahr kimmt man dann drauf,
Glück braucht's ah, sunst haut's oam auf!

In Gedankn, stü und klar,
wia wird's wern, des neiche Jahr?
Hoit dei Hand und druck fest zaum,
sag „vü Glück" und „in Gotts Naum".

D'Angst, de jeder Mensch woih kennt,
wird mim Feuerwerk verbrennt.
Mach da Hoffnung Platz, da Gluat,
– ja, des neiche Jahr wird guat!